U0501342

第39届青春诗会诗丛

《诗刊》社／编

马文秀 著

三江源记

39 青
Youth 诗
Poetry 会

长江文艺出版社

元复诗歌基金支持

马文秀

回族，1993年生，青海民和人，现居北京。中国作家协会会员，中国诗歌学会社会活动部主任。作品发表在《人民文学》《诗刊》《中国作家》《上海文学》《青海湖》等刊，出版诗集《雪域回声》《老街口》《照进彼此》等。曾获第五届中国长诗奖、2023李白诗歌奖新锐奖等奖项。

目录

辑一 走向高地

辑二　灵性之光

辑三　高原守望者

辑一　走向高地

水的谜语

长江从源头的冰川
派出一股风，雕刻出悬崖绝谷

在烟瘴挂大峡谷，翻开水源手册
水源的经纬度、宽度、深度……
成了生态的缩影

长江源头的儿女们祭山，祭水
与冰川雪峰并生，探寻生命预留的奇迹

水的密语隐藏在峡谷的万千姿态中
时隐时现，牧民们无法猜透
只能跟随水源向前

有时他们会尝试潜入深夜
寻找北斗七星的方向，虔诚地为三江源祈福

大美之境

高原的草，不甘心长在荒漠、岩石、沙漠
直接冲破沥青，屹立在马路上

这跟高原人的秉性一样
脚踩泥土，心中不只有星空还藏有山水

亲爱的路人，不要去打扰一株草
与它自然地相处
无须安排想要的情节和曲折

也不要摘走草尖儿上的那层白光
让其飘浮，自然生长

青海大美之境
像苍穹中洁白的哈达一样
望不到尽头
却给人一种绝处逢生的喜悦

以草木的心性生长

江文朋措带着口粮和帐篷
骑上飞奔的骏马

独自去三江源巡护，捡垃圾
以牦牛的心性生长
在自然万物中不断锤炼自我

观察一只搏击长空的猎隼
猜想它在青藏高原上飞行的高度
以及盘旋的难度

20 年后，他转身回望险峻的行迹
在时间深处看到了自己的胆量
他的守护也在三江源有了答案

同时波涛也锤炼他的语言
没让词语在暗河与伏流中迷失

隐藏的火焰

澜沧江源头的天空
清澈而透亮
那种美无法用色彩来定义

躺在草地上，静观落日
风在动，云在动，太阳从一匹马背
翻腾到另一匹马背

此时，头顶空旷之美，很难找出一个
准确色彩来解读

水面隐藏的火焰，升腾到落日中
彼此相望，埋在手臂里的脸比云更灿烂

正如最深的话语，没有复杂的隐喻
却直抵心底

没有一束光能掩盖星星的锋芒

腊月的星辰下
仁青与兄弟姐妹爬到山顶点燃烟花
让裂开的希望，离漫天星光近一些
似乎这样内心的温度会高一些

在江源玉树人们习惯谈论星辰
有时心就像一颗星
熟悉高原的海拔与风向

群峰托举这片神秘地域
没有一束光能掩盖星星的锋芒
每当沉入漆黑，星辰就指出一条路
路上有激流、砂石、沼泽、荒漠

而行走者需要勇敢打开自身的光芒
在严冬的风暴中穿过这条路

掌纹中流动着一条湖

探险者立于山峰
昂首望天，透过星空似乎
能听到扎陵湖的呼吸

在停滞的时间中寻找证据
相信曾经的过往
总有一天会汇合在自己身上

至于接纳朴素或华丽的部分
全凭内心的选择

背转的侧影映在湖面
跟星星一起发光
转过身，掌纹中流动着一条湖

此刻，星星成了黑夜的脊梁
他肩膀上的重量就减轻了

对源头的探寻

我一直没有停止对源头的探寻
对三江源的想象，没有喧哗的深情

预想危险大于危险本身
最重要的是行走
只有靠近光明，自我才会被打开

越过雪山、冰川、湖泊
数千里的跋涉
收藏在眼中的风景
悄然成为身体的一部分

奔赴山河的人，梦里有翅膀
埋着一条可以延长的路
它能寻找机会打开时光之镜

立于三江源，做自然的歌者
带给困于时间和空间的人行走的勇气

候鸟成为岛的脊梁

在青海湖鸟岛
数以十万计的候鸟成为岛的脊梁

滚滚浪涛，飞奔的浪花
抖落谁的暗影？

站立在鸟岛上的我
沉默中望向了斑头雁、鱼鸥
叫不上名字的候鸟涌向我

或许，当彼此的心
朝对方滚滚而去时
才能在拥抱中捕捉影子

无可置疑，从相思投入相思
才能在天地间
来解读神秘的相遇

此时，喧嚣的浪涛
卷裹着音色各异的鸟语奔腾
我无法用任何一个浪涛定义你

迎面刮来的风
催下了倔强的泪
唯有眼泪不需要定义

风浪中，时间的连续性
将生活的琐事串联在一起
唯独对爱情无法进行预测

生命的昭示

几十年来，堆积如山的词语
却无法一一细数昌耀遭受的痛苦

他在祁连山履冰踏雪
用冰川、河流、绿洲搭一座
通往内心的桥
桥身是他每一段经历的缩写

他的遭遇在诗句中历历在目
火焰与灰烬千变万化
最终落满头顶
于是，他在人海隐没
寻找源头之水留下的隐秘标志

生命的昭示，不受限于环境
青藏高原的风带着峭壁的粗狂
穿过他的身体
寄给失意的昌耀一条路

就他而言，多年的缄默
无法藏匿过去

生命的壮阔、静默、博大
早已在潦草的字迹下驰骋几十年

他写下的诗句
无疑是借用明天的光阴锻造自我
这让他相信
漂浮在三江源的愿望终会实现

在棋盘中相遇

以三江源为棋盘，以爱为棋
两个遥远的名字在棋盘中相遇

多年来，你我都在局中
这明显是一盘险棋
而命运交汇，我们终究要成为下棋的人

十年的探秘，皆在棋盘上
无解的谜来回闪现在精巧的布局中
是否能跳出棋盘，走向高处
不再是内心争持的问题
世间的红尘也成为掠影

对弈，有时在清醒中沉沦
局内局外不应为世相所迷

往三江源行进，我们不应再去
掂量彼此的筹码
情感中的危机与希望，不应成为
布局的术语

终局不在于输赢，而在于明白彼此的内心
是否要跳出迷局，起落间心中早有答案

百岁老妇

卓木其村百岁老妇
身着藏装,坐在碉房
手抵在眉边
早已将红尘视为道场
寻找内心的宁静与沉静

狂风吹拂不了她的心情
心情也左右不了风
青藏高原的长寿村
保守着老妇五代人的秘密
她守护着五世同堂的家风

探秘者面对老妇诚挚的目光
再也说不出浮云般的话
老妇虚晃的身体
隐藏内心的峡谷

一声长叹,将夕阳拉长
拉到对面雪山飘动的经幡之上

点燃隐蔽之火

黄昏之时，太阳隐入炫目的火把
借着囊谦一堆篝火
引出仲夏体内的一团火

火与火相遇
让陌生的面孔动起来
火的燃点，让人卸下防备
囊谦民歌音调悠长，像一阵
妖娆的疼痛，缠绕夜色
从耳朵绕进去飞奔到心房

此刻游人与歌手
隐去身份、地位、喜好
纯粹沉浸在算卜爱情的卦歌中
这让人联想到一些美好
搅拌在生活的琐碎中

一场相遇，点燃隐蔽之火
让相向而行的人
在相遇之网将忧伤化为欢乐

抖动的身躯，随即融入古老的节拍中

点燃高原深邃的星空

解密源头密码

万条支流奔腾，水与水相逢
汇聚世间的力量
用一个激浪迎接另一个激浪

诗人以流水为笔，以大地为纸
书写源头的诗篇

水文学家研究水文资料
寻找源头密码

科学家发掘三江源古生物化石
揭示了江源演变的奥秘

河流纵横铸就高原气象
高原儿女汇聚成河，解开了诸多谜团

让时间开口说话

通天河东岸的云空下
光朝着卓木其古村落雕刻
每一束光雕刻出一个神话传说

明代以来
时间留下的标识
让古村落隐去名字的物件
成为一束光
说出陈年的谜语
容纳漂泊者的孤独

宇宙万物中
子孙成了追光者
让时间开口说话
于是，一条大河穿透时间
让距离成为悬挂的形式

身体穿透一阵骤风

云朵沉重，无限下垂
曲麻莱地道的牧民开着摩托
狂奔在草原上
紧握牧鞭，追随着鹰鹫的雄姿

他知道纵使有千般打算
人生诸多的位置
始终难以预留时间让自己去选择

索性让身体穿透一阵骤风
乘着时间之翼，寻找心灵的秘密

把诗句留在雪豹之乡

在澜沧江源头第一乡扎青
诗人的足印
成为一束从烈日中开出的花

在神灵之地，平安灯亮在心上
脚步要听从心的节拍
寻找属于自己的苍茫山水

把诗句留在雪豹之乡
跳动的词语，纵横在青藏高原
不畏风云
将传统美隐入野生动物的身上

指引的路标

在前往三江源的路上
雪山下的风车，搅动云烟
让云变成吉祥物，指引前来的科考队

行走在柴达木，身体似乎
也在被昆仑山、阿尔金山、祁连山环抱

从路边的地梅、报春花、紫云英到转动的风车
皆成为指引的路标

高原人民铭记生态赐予的福祉
驰骋在雪山之上
守护着三江源的安宁与祥和

三江源自然保护区纪念碑

古渡口、晒经石，在历史的激流中
神化了通天河

站在河畔，水流湍急
回想采金的父辈们讲述古老神话传说
波涛声如海拔一样高

靠近三江源自然保护区纪念碑
抚摸着花岗岩
解读各个组成部分的内涵

精确的数字，将面积、海拔
民族等汇聚在碑上
每个细节承载着历史
显示出中华文化的博大

此时碑体上方两只巨形手不再是手
而是站立的中华民族
在高原儿女心中如山脉般隆起

残缺的土墙

在昆仑山以南
偏远村落老民居残缺的土墙
被艺术家嵌进一座装置艺术中
自此在内部隐蔽

而被解读的是整座村庄
甚至连青海道早已荒废的土地
遗存老房听到时间的信号
紧握历史的遗迹

探索内在的人文符号
试图将艺术揉进山村
自幼到老，每个人都是艺术品
身上的缩影在时代变化中延续

艺术的抽象不在于形式
而在于被解读
空间与色彩在无序中交织时
或许能让人找到精神符号

身外的风景

雪后三江源白茫茫一片
藏狐凭借本能在雪地里搜寻食物

鹰的翅膀上亮着光斑
身上挂满了冬的凛冽与洁白

无边的白，铺在脚下
那不是雪而是大自然留下的足迹

生态觉醒者选择
远观稀有动物的迁徙
它们明白身外的风景是自然的馈赠

鹰扑棱着翅膀，以汹涌之势
冲向乌云

蓦回头，人的影像
成了大地上一束行走的花
在雪中反光

静观一场落日的浩大

在玉树，所谓的美好
不过是站在巴塘草原的空旷处
静观一场落日的浩大

飘移的云，行走的云，奔跑的云
暗示世事无常
却为你我留住唐蕃古道重镇的真实

在江源玉树，人们凝望金色的太阳
用流水、繁花，记住夏日短暂的美好

野生动物的奔跑
成了草原上空移动的镜子
照出绿色生态也照出守护者的灵魂

风景里的密码

走冰卧雪，溯黄河源而上
穿过拉脊山的风雪
抵达措日尕则山的顶峰

黄河源牛头碑在风雪中
粗狂而耀眼
没人会嫌弃一朵花的出现
破坏了庄严与神界

倚在纪念碑围栏旁
望向巴颜喀拉山
明白这是土地敬献给天空的礼物

参悟山水，才明白
风景里暗藏着山川河流的神谕

潮湿的话语

卓乃湖升腾着明净的火焰
我们在湖边吃着烤肉
在火上烤着潮湿的话语

不停细数岁月
将琐碎的往事放进炉火中
反复试探多年来是否真心
但三言两语无法道出伤口的深度

你说回忆没法清空，仍由它
纵横在时光中
可是，为了短暂的过去
你我又陷入了长久的回忆

影子能找寻到自己的归宿吗？
你晃荡的腿也有些许不甘心
脚步伸向暗处，影子就消失了

我只好将痛苦扛起
不再去猜疑各与各的神情

在月色与湖水毗连的土地上
藏羚羊在身后如繁星
照亮了过去

国家公园

从高空俯瞰国家公园
山与山连成千朵待开的雪莲状

这山川的雄奇
让所有的跋涉有了意义
置身其中，绿草繁花成为高原
生态翔实的材料
不再需要参考确凿的数字

在差别化的保护下
鸟的鸣叫与神态，早已说明一切
人终究会回归大地
倾听水声、风声还有落雪声
在大自然的加持下，找回内心的安宁

这样，享受过的欢乐会被
记忆偷偷珍藏，成为人生的宝藏

野生动物的天堂

珠峰依然巍峨耸立，注视着
高原大地的经络

偏远的戈壁、沙漠，不再荒凉
也不再执着是否在地图上
拥有自己的名字

峭壁上的黄羊
能灵敏感知到一株草的摇动

也能与打盹的藏狐
落单的岩羊、飞奔的野驴
守护亘古的宁静

越往深处野生动物遍地跑
追逐太阳的光泽

它们跑进风，跑进星空，跑进梦
甚至跑进牧民摄影师镜头下

荒野的歌声挂在奔跑的野生动物身上

在天地之间彰显江源之美

在自然万物中寻找

面向三江源前进
山顶白色岩石裸露

柴达木路两旁的狼毒花凋零
天地间的色泽透出原始与野性

我将薄暮收藏于心
穿越柴达木盆地寻访三江源
河流弯曲，弯曲成数不清的传说

遇见一位藏族少女
穿着拖地的袍子
秀发没有琐碎的装饰

她弓着身背一桶源头之水
从面孔上能看出对自然的信仰

她说附近树木繁多的村庄
也有未解之谜

零星的牧民们在冬天劳作

在自然万物中寻找与自己
相似的事物

崖石上的史书

在玉树，每一个悬崖峭壁
暗藏一段传奇神话

唐朝的岩画，留在通天河的波涛
无数探秘者穿过澜沧江流域
只为一睹文成公主与松赞干布进藏的盛况

远古的鸟兽在勒巴沟崖壁上
生动而静谧，如在空中飞
山、水、石，甚至遍布沟内的草木
在神秘中传承石刻的历史

天地万物互相供奉

人与冰川的对话，源于一滴水
一滴寻找源头的水

昂赛乡卓玛一家
日夜守护一头待产的母牛

清晨等小牛顺利出生
哥哥华桑喝了一碗酥油茶后
到黄河边寻找山沟的秃鹫

在达日县绿草繁花下
多少人想寻找长寿的密码
寻找生命的力量

天地万物互相供奉
于是诞生了诸多自然神话

听神话长大的孩子
在丰腴的花朵中探索高原生态之路

替星空辩解

在高原上，云影替星空辩解
无法预见的壮美
从荒野潜入我心底慢慢向前

可可西里山和唐古拉山脉穿过
三江源腹地
终年的积雪随着星星的闪烁
慢慢睁开眼

这里不止有洁白
脚下河流、湖泊、沼泽密布的色彩
随着地势高耸

仰望天空，叫不出名字的色彩
藏在阳光之下
静听遥远的召唤

荒野与我

在柴达木戈壁，风车每转动一下
天空更加开阔、湛蓝

生命的锁链
恐怕只能锁住装满欲望的心

荒原与游荡的我
何其相似
挣脱枷锁放空一切

驰骋在世界的角落
把时间拖进梦里，空出缝隙

你我之间的那道裂缝
或许会让空白
在自然中拥有更多延伸意义

遗落的土墙

前往三江源的路很荒凉
荒漠上遗落的土墙
一截又一截

残损、断裂，记录着到过的痕迹
土墙划分出蒙古人各自的领地
记录了他们祖祖辈辈的英勇

低矮的草，坚硬、青绿
紧挨着戈壁的土墙生长
此刻我需要在一首诗中对草木有所表示

在彼此的身上寻找生活的意义
直到我们看不见彼此

万山之宗的野性美

冬日三江源的静，延伸到
星空下的山脉
甚至静到一株绿绒蒿身上
阳光照耀下，各色的花草肆意生长

万山之宗的野性美
聚集在万物身上
野生动物择太阳而栖
跑成一束光线的形状

三江源的广袤与粗狂
拔地而起
隐藏在万物之中
浓缩着万山之宗，众水之源生态秘密

在玛沁收集乌云

在玛沁收集乌云、雷电
静听高原的一场雨

风、经幡、波涛，在无序中
创造一种美

白色的牦牛，被披上彩色毯子
牛角上绑了两束大红花
被如此装饰后

像极了草原出嫁的新娘
眼中闯入了一种被创造的美
这种美让人多了份期待

在高原静观一场雨
却怎么也静不下来

季节的忠告从不刻意
或许景致需要一位安静的观赏者
让景从眼进入心

复盘快乐

荒漠茫茫，万物共生
基层守护者巡护山水
看涡状星云，侧耳倾听牦牛的喘气声

他在四野奔波，借助望远镜
探秘三江源国家公园

他曾在巡山途中
困在 4.5 万平方千米的可可西里
在被冻死和饿死之间徘徊

睁眼似乎能看到时间的尽头
命运之神，终究让他逃脱困境

他说痛苦不需要复盘
避免更加痛苦
要复盘快乐，拥有鹰一样的洒脱

他说要忘记痛苦，面向快乐
快乐是向里生长的树

枝繁叶茂后，预留了很多出路

给勇敢的自己

烟 雾

在玛卿岗日爬上帐篷的夜色中
一根香突破火焰向上冲击

香炉的烟雾，柔软无比
却冲破层层阻力
撬开坚硬的内心
柔软的事物也有刚强的一面

时间的碎片拼凑不出过去
而我们却那么固执
与内心较量
与时间较量
始终在与日月相争

相对而坐的人
目光中储藏着火焰
以烈焰的语言
书写此刻的心境
火焰深处是内心积压的深情

寻找打开困局的钥匙

密集的脚印
在大雪中留下我们的重逢
你穿上父亲的皮衣
扮演出不该有的成熟

在玛沁的街头，我们诉说过去
寻找打开困局的钥匙
却不知它始终藏在心底
并随着岁月疯长
长成一把锁的形状，包裹内心

我们随身携带着花蕾
只待春风起
用诗句赋予荒草一片生机
来交换彼此的快乐

不可言说的相遇

在三江源区，不可言说的相遇
成为一个内核
我们沿着各自的轨迹前行
一个向北一个向南

被追述的往事让我们向过去靠拢
生活预留的谜底，终究要自己解开

在阿尼玛卿雪山脚下
的冰面上行走
将过去喜悦的形态留在上面

无用的假定，终究会成为幻影
泪水在风的吹拂下，发出哗哗的巨响

高原反应

高原反应后，失眠者背叛梦
携带梦中的秘语潜逃

失眠者开始伪造睡眠
甚至创造梦
伪造从未有过的梦

用谎言、失望销毁过去
掩饰不够丰满的内心
此时，任何语言都无法平息
体内的战火

很多时候被伪造的梦太多
终究压垮做梦者

身处高原，生灵驰骋
各种各样的推测大胆而神秘

相逢在三江源

相逢在三江源
沉默中静观一朵花对风的反抗

天空挽留不了云彩
也挽留不了逝去的岁月
抬头仰望群山
不需要过多的话语

险境与未来，伴随左右
没必要撕开彼此的身体
查看是否忠诚
甚至去追踪过去的行迹

风马旗

不同形状的小旗
将祈祷从大地带到天空

祷文隐于图案的富丽中
随风飘荡
在门首上留下记号

冰雪铺地，虔诚的赶路人
路过一处垭口时
发现了雪域藏地独特的祈福方式
低头，向内心祈祷
抬起头，勇敢翻越五道梁

青海大地的柔情

随着海拔不断增高
一路寻找源头之水

诗人在坎布拉向对岸的远山
祈祷，顺手将白色哈达
系在一棵树上

这里是远古地壳运动献给
青海大地的柔情
敬山敬水，敬仰世间万物
一个人总会在陌生的环境中
找寻到曾经的自己

云朵上下翻飞，倒映坎布拉的碧波中
人要学会感受时光中那些柔和的部分

风奏响夜曲

地球板块运动
在青藏高原留下一块蓝宝石
留在了乌兰县茶卡镇

茶卡盐湖的风奏响夜曲
曲中情感源于湖水
风以不同的力度扮演高中低音

采盐船停泊在盐湖中
古老而又现代
贯穿了大青盐的发展史

咸而又咸的湖水
将数代盐工的故事
安放在一座座盐雕中

与茶卡盐湖对望

与茶卡盐湖对望，试想
一粒盐的重量

置身在盐湖让足够的重量
拖着自己前进

甚至与高原湖水的阻力作斗争
向前一步，再向前一步

终其一生，我们都在对望
对望本身是一种审视

能扯掉身上的一切累赘
找到了盘在内心的根

时间的刺

在青海传统古村落
石板被堆成高低不等的墙
砌墙的艺术家
寂静的神情早已说明一切

不是所有的破裂都值得修复
不规则的形状留有时代的印记
更像是一种反叛
把未来和过去的时间组合在一起

起伏的预言背后
时间的刺，不一定刺向软弱的人
终会刺向背叛时间的人

巡 山

三江源牧场中，藏族阿妈双眼微闭
身体微微摇晃

她顺着晨曦走来，喂养掉队的小藏羚羊
一边累积善业，一边为众生祈祷
衰老的眼神中透着一束光

她拿出糌粑、牦牛肉、牦牛酸奶
人参果，款待我
甚至带我去巡山
我背着照相机和望远镜
去寻找未经雕饰的空旷之美

野牦牛、藏野驴、猞猁、棕熊、狼
时隐时现，毛色几乎与草地融为一体
雪山绵延起伏，生灵共处
巡山的道路不再孤单

生态管护员

卓乃湖附近的雪山，被风吹得皱褶纵横
上空的云，柔软而浓密
像母亲的长发

生态管护员盘腿坐在山下
观牦牛戏水，看经幡随风起舞
凝视内心

黄昏时分，骑着摩托车
穿行在飞雪中，用望远镜观察雌性黑狼
拍下珍贵的影像
记录着黄河源区飞鸟的种类和数量

翻看生态观察手册
用自己的方式保护水源
日出、雪景、云雾，不再是冰冷的数字
而是自然与人和谐共生的证据

转　山

带着对山水的崇拜
诗人攀登到阿尼玛卿观景台
远处遗存的化石，成了神秘的印记
也是大自然最好的馈赠

转阿尼玛卿神山
虔诚的信徒每转山一圈
面孔上多了一丝安详与平静

一种拔地而起的蓝，刺破云际
胸中涌起的无数词语
随着蓝升腾
这是天空写给三江源的情书

匍匐在阿尼玛卿山腰上

风夹着薄雾，流过山脉
山间的寂静，恰到好处地解读
大自然的神秘
无需用任何语言去回应

挖虫草的男女老少
匍匐在阿尼玛卿山腰上
为了生存他们成为自己的一面旗帜
在高海拔地区，幸福是望得见的背影

疲乏时，光在眼中挣扎
以细微的踪迹，书写过去与明天

辑二　灵性之光

狼

在柴达木辽阔之地
藏羚羊隐藏在数十米高的沙丘中

卧息反刍的片刻，危险随时会临近
自以为安全的隐蔽所
不再安全

一道山梁，横在视线里
一群狼依次走向前
在荒野中宣示主权
目光中的霸气藏有杀气

荒原之上，一群狼奔跑，欢呼
有谁能知晓
无数藏羚羊的哀鸣

岩 羊

一群岩羊与大山为伍
在崖壁上跳跃嬉戏

原本无人涉足的宁静
被一只母雪豹打破
山崖间它带着两只小雪豹
练习捕猎，熟悉自然法则

岩羊见到雪豹的身影
迅速逃跑，隐身在沟内
警惕灰褐色石山处的埋伏

它们踩着散落的小石块觅食
反复穿梭
小心躲避着雪豹的追捕

余晖洒满山冈
数月后，草原上岩羊的头骨
被虔诚的信徒带回家
挂在了墙上
成为精神的图腾

藏羚羊的疑问

在盛夏的迁徙季
藏羚羊的疑问在眼中也在脚下

为了证明猜想
它们开始疯狂地奔跑
苍穹之下万羊齐奔
最为壮观

与行驶在青藏线上的越野车赛跑
甚至与落日赛跑
直到抵达神秘的"藏羚羊产房"

跟人一样，没有一只藏羚羊
疲于奔命而不倒下

雪　豹

雪豹与山川融为一体
偶尔伪装成一块石头，静听流水奔涌
这是它疲惫时寻找的保护色

牧民尼玛才仁潜伏在澜沧江水边
寻找雪山之王的踪迹
万亩草场成了寻豹之旅的开始

他看到一群牦牛在雪地里跑
身上挂满白色珍珠
感叹道若能遇见雪豹
见者皆吉

他相信自然馈赠的纯净福地
会一睹雪豹容颜

日落时分，一只雪豹立于峰顶
望向山岩交错的方向
目视荒芜的四野
正如他孤傲地站立在三江源

藏原羚

风雨雕琢山川湖海
天风浩荡，面对着大片空白
藏原羚顺着沱沱河的光醒来

草原的精灵，在猎人的追杀下躲到荒漠
寻不到一处安全的栖息地

饥饿让它们疯狂刨开雪堆
啃光雪下一切可食的残枝败叶
眼神绝望而慌乱

它们知道唯有用行迹
才能解读大自然的密码
生存的智慧，不在头顶而在
脚下的每一步

青藏高原的风

青藏高原的风，粗狂而犀利
风中偷藏的盐掠过面庞

仰头，在无边的白中思考
空白的价值

茶卡盐湖的空白
带着当代新水墨的意境
构成空白美学

低头，吟诵一首诗
每个意象新鲜而自由
视线随着风奔跑，探索不断
衍生的谜

谜将解未解，随着盐的纯度沉淀
这多像三十岁的自己
有些事只能在流云中去想象去填补

白唇鹿

白唇鹿在可可西里借用自然之力
解读神秘地域

它们奔跑在山地荒野
双蹄不断撞击地面
成了它们抱怨命运的手段

与自然相处，不是为了掠夺
而是为了互相给予能量
一株草也有它的芬芳与顽强

时间之口善于美化过去
风之口善于捕风捉影

若心被欲望填满
那明天是否快乐将无法预测

鹰 笛

制作鹰笛的牧人
穿越雪山冰川寻找鹰骨

一路遇到暴雨、低温、冰雹
也看到了满天星斗

数月的跋涉，他被高原文化遗迹
和自然景观所感染
决心让声音飞翔，穿透高山湖泊
穿过高海拔，抵达心灵

或许是虔诚之心召唤了好运
沱沱河流域一家牧民
将帐篷内珍藏多年的鹰骨赠予他

水清天阔，他最终让鹰笛之声
越过耸立的山峰
飞往了云端

行走的地域

行走的地域
构成书写的基本词语
三十岁在鄂陵湖等一场日落

鄂陵湖的美不是由湖面决定的
而是由头顶的天空决定的
变幻的光让日落变成想象外的模样
折叠在水面上

一道光穿透湖面
无数双手凝聚在一起犹如峰峦
这是湖水的咸度和深度无法呈现的美

山川之境

昂赛大峡谷的水雾
无意间成为一道门
让足够静谧的人进入山川之境

峡谷前面的老树桩
善于解密大山的宽度

昂赛大峡谷的喧
让潜伏在谷地下的语言
长出一颗向往远方的心
心头连着一条可以延长的路

飞瀑倾泻，此刻眼里的漩涡
比这更猛烈
不要跟风打听我的近况
拉低帽檐遮挡光线，藏起了情绪

星星海

唐蕃古道穿境而过
河流抽象成一幅油画

炫目的光，将玛多星星海折成两半
一半留在空中，一半留在地面

这天堂之光比扎陵湖、鄂陵湖
还要透彻清亮
流云将人世间喜悦的形态带到天空

人们沿着玛多县藏乡寻根溯源
坐看日出日落，也看数万候鸟奔涌

猜想三江源先民
以何种智慧应对古气候
没有让三江源成为生态孤岛

冰川破碎

一群野牦牛冲出荒原
奔向姜古迪如冰川脚下的溪流

万里长江从这里开始
冰川破碎，破裂后的棱角
雕刻出长江的前世今生

蓝天下，万物沉静、坚硬
登山队留一面蓝色的旗帜在冰川上

在冰川观测站，当季风开始对峙
古冰川遗迹再一次出现在眼前
那是江源文明的印记

普氏原羚

在青海湖鸟岛附近
几只普氏原羚与天地捉迷藏
身体跃入空中
又钻进荒漠草原

普氏原羚生性机警，却躲不过
狼的捕食
于是，隐于大自然的斑斓中

为了拯救濒危的物种
葛玉修开始寻觅它们的身影
用镜头诠释最美的瞬间
读懂它们的眼神，辨别它们的习性
去窥视其内心情感

普氏原羚随着季节迁移
除了繁殖它们更喜欢同性聚群
在广袤的草原上辨认植物
从中寻找生命的形态

冬季向南，夏季向北

环棱的黑色硬角像两根巨型虫草
一路奔腾连接天地

星宿海

画家王克举在星宿海碧绿的滩地上
静观落日西斜

高山紫苑、垂头菊、马先蒿在阳光的照耀下
发出彩色的光芒
比色盘的颜料还要丰富、艳丽
瞬间点燃创作的激情

这光芒多像黄河的波涛
曲线与暗影，在画家笔下变化莫测
变的不是笔触，而是风

激越、澎湃，甚至有一泻千里的气势
如此盛景需要用天空的语言来记述

他心怀敬意高举画笔
以穿越古今的力道
将黄河绘制在亿万人心间

追光者

山上积雪未消
牧民赶着牦牛群走来

目光顺着山脉延伸
蓝天、白云在眼前交替
眼里只剩下白茫茫的远方
他对着反光的雪祈祷

生态管护员拿着望远镜巡山
在冰川雪山寻觅野生动物的踪影
朝着倾斜的路前行
翻过青色山梁
捕捉高原第一缕晨光

阳光从正在消散的云雾中漫过来
此刻的美好，属于追光者

身体像是倒挂在空中

高原反应后，睡在酒店高层
身体像是倒挂在空中

梦中静坐凝思
星星海万千落日占据内心
在孤影中看到彼此站立的姿态
却难以找到恰当的词语去靠近

心中的岛屿存放着炎热与自由
没有算计和预谋
浪激浪涌，涌出了一条回家的路
让山川、河流、岛屿成为缩影

与岁月争持

扎西永藏的母亲渴望与芳草为生
在狭小的地图上
留下她的青春与葱茏

于是，她的母亲在峻险的山势中
与岁月争持
用母亲两字托举起两儿两女
让她们如同芳草，在草原盛开

她的母亲被岁月拖走的三十年
不是凋零而是绽放
绚烂的花朵
开在了四个孩子身上

对母亲的赞美不需要打磨
芳草、阳光与她
是她们生活里的光芒
无可替代
早已成为人生索引中的一个关键词

山川的气息在体内流动

驾车穿过兴海县黄河峡谷
我们谈论着过去与未来

假如今天的谈话令你愉快
那么明天、路途、距离、相思
也便无足轻重
不会横在黄河峡谷两端

山川的气息在体内流动
心底的私语
也需要在合适的时间被释放

我们的相遇虽说偶然
有时也为明天的相见
惊喜到失眠
分开却让我们难过

心知此意，为何还要分离？
此时我才明白
为何声音更喜欢在喉咙中滚动

庞大的气息环绕在你我间
却让我一个人难受
痛苦过后，肌肤也会留下皱褶

峭壁藏有面孔

立于峭壁之上的猎人
傲视远方

高原峭壁藏有风的面孔
隐藏在万千沟壑
有风的豪迈

峭壁立于晚霞的柔美中
风的柔情，让它披上金光

短暂的夏日，残留美
这种美无法用眼睛测量

如果所有的悲痛能在玛尼石前释怀
身影能消瘦成一股风，推着他前行

每个词语的高度

山水为砚、沃土为纸
在柴达木绿洲牧场写一首诗

雨雪覆盖每个句子
在高原每个词语的高度不自觉拔高了

黄昏巨型云朵在头顶翻滚
成蓝色的波浪

巨大的蓝盖在牧场的上空
我悉心安顿妥当每个句子

无法用同一个情绪
面对过去的迹象与征兆

山水无法阻隔情感
只有冷漠能阻挡一切热情
其余都是辩解之词

人的气数和运道需要虔诚修炼
在牧场走一走，让厄运转向幸运

青海湖

亿万年前古海洋与高原
有某种默契，退却后
在青藏高原遗留了青海湖

或许，湖底的湟鱼难舍难分
情绪失控，眼泪让青海湖变咸

石刻艺人行至此处
用祖传的手艺虔诚地雕刻
在湖水波涛的声音里
留下自己的影子

青海湖边祖祖辈辈的牧民
以慈悲和利他之心守护高原生灵
累积善业，也为众生祈祷

一切有形与无形的艺术一样
将今天与明天分开
今天渴望与星空站在一起
明天渴望与太阳站在一起

地球的骨骼

高原氧气稀少
从开阔山坡爬上了山顶

肺部的负担不断增加
就索性躺在山头
与对面山头的藏羚羊对望

山峦连绵，望着成群藏羚羊的身影
似乎跑进了云层

迁徙是一个谜
藏羚羊的迁徙藏有繁衍的密码
人类的迁徙藏有生存密码

在海拔 5400 米的流石滩
遇见红景天、藏羚羊，是吉祥的预兆

身旁一大堆刻满经文的奇石
堆在山上，为每个虔诚的路人祈祷
石头也曾是地球的骨骼

雪雀，吞咽风浪

雪雀在枝头低语
吞咽风浪，哺育幼鸟

玫瑰丛被它打成无数个玫瑰结
用来筑巢

花盛开在肋骨之间
于是，它衔来樱桃、草莓、浆果
也衔来光阴里的芬芳

在一切疯长的季节
生长，至少越过春天的芬芳
于广阔的天地间，寻找藏地密码

自然留下的标识

我没法将对三江源的爱
对半平分

荒原一无所有，却拥抱着整个星空
成了野生动物的天堂

岩羊迷失在荒原
转身却征服一座座险峰

一只黄羊发出信号
让羊群找到新的方向

动物的智慧，被我放进诗行
顺着自然留下的标识探索
愿望不再虚空

草场辽阔

在夏季与干枯的山河相遇
青绿色的凝重感
暗示这片土地的荒凉与偏远

在这里每一朵云都有用处
云成了牛羊的遮阳伞

一层一层递进的美，渗透到脑海中
极致的色彩顺着一匹白马的身影
延伸到天际

牦牛的头骨立于一块巨石之上
守护万里神山

羊横穿公路
带着玛沁的雄浑与辽阔

祥云抚山，那些眼中坚硬
庞大的事物
在自然的流转中也有柔软的一刻

雪莲的生存方式

被忧伤覆盖的清晨
连金雕飞行的声音都很难听到
杂多开阔的天空下
出路又在何处？

峭壁上的雪莲被暴雪覆盖
被狂风侵蚀
被风暴无数次伤害后
在雪的明亮中塑造自身

抬头迎接第一缕太阳
在峭壁上镌刻出成长的方式

山脉与河流缔造的神话
我在一朵雪莲中看到了重塑力量

成为彼此的光源

在星宿海的星空下
不再寻找最亮的星
而在一群又一群的星星中寻找
原属于自身的粗狂与锋芒

静观星空，也是在静观自己
被隐藏起来的星星
或许也在等待寻找它的人
成为彼此的光源

影子消除孤独

高飞的鹰，高旋在楚玛尔河流域上空
为藏匿在崖下的藏羚羊放哨

迁徙的藏羚羊见到老猎人
乱蹄奔腾
叫声响彻大地
这里不再是自由天地

发达的身躯，灵活奔跑在荒原
影子消除孤独的同时
也完美展示了当时独处时的曲线

藏羚羊有时也会跪在地上
聆听大地的呼吸
不停安抚被挖金者破坏的大地
面对侵害，他们惺惺相惜

发出自己的声音

橘红色的光线照在湖面上
灰头鸦、银鸥、大山雀，羽翼始终
保持一种完美的形状
以平缓的节奏搅动鄂陵湖

扑扇的翅膀投射在水面上
它们逾山越谷，在晨光中发出
自己的声音

浓云拐弯，旋风横扫湖面
涌入鄂陵湖
这条流淌神话的湖，诞生无数词语
我用诗句记录起伏的呼吸

悬在时间中的人

夜宿星星海
日暮时遇见两只黑颈鹤

沿着残存的光在草原漫游
消磨夜晚
也消磨曾经相遇后受过的伤痛

悬在时间中的人，活在过去
命运捉弄彼此
疼痛在腹腔里发出声音

来临与离去之间只是一瞬
伤痛也曾在深夜里膨胀
最终在夜色中消隐

回首望去
眼神也是一种伤害
站在远处看，看到的满是生命的碎片

照亮了背后的山

在玛可河林场，抬头
阳光已在树梢上搭起了鸟窝
云杉的叶子指向不同的方向
传递天然氧吧的信号

鸟低着头，梳理羽毛
又迅速飞起，切开冷风一道口
在海拔最高的原始森林飞翔回荡

玛尼石零星闪现，撒落在狭窄的角落
往前走，藏式碉楼隐藏在森林中
莽莽林海的守护者就住在这里

牧草绿了又黄，他年复一年
育苗，观测，管护，透过树叶的光
照亮了他，也照亮了背后的山

互为生物钟

翻越日月山，沿着唐蕃古道前行
车辆进入无人之境

藏原羚飞奔在沙土路
绕着我们的考察车一圈一圈转

乌黑的双眸是星辰，装满
大自然的谜语

在险象环生的人间
它与我们互为生物钟
在彼此眼中看到群山与河流

动物的旷野

风车叶片搅动云海
野生动物在旷野中
狂奔、厮杀、追逐、嬉闹
书写生命不同的篇章

风车转动不息
昆仑山脉下动物身影闪现
见证荒漠戈壁多样之美

一群兔狲嬉戏于草甸
偶尔也会跟在白唇鹿身后
来到河流处
与山岩间穿梭的雪豹追迷藏

藏野驴孤身行走在风雪中
像极了倔强的行者

湟鱼洄游

湟鱼洄游，水成了光波
色彩在光之间连接着心跳

青海湖裸鲤，数以万计
奋力逆流而上
让生命围绕着水，涌动，奔腾
展示出原本的质感

看着水缠绕在一起，色彩交织
欢乐、悲伤、哀愁，在此刻消散
有时真不该为了短暂的过去
陷入长久的回忆

湟鱼在喜欢的季节里
回到源头，以自己的姿态繁衍
让生命在流动的状态下绚烂

黑颈鹤

湖面升腾白雾
黑颈鹤潜藏着待迸发的力量

空中万鸟盘旋
黑颈鹤开始迁徙之路

它是格萨尔王的牧马者
曾与草海有过约定
在 10 月从若尔盖起飞

荒凉不再是唯一的语言
穿越未知的前方
不在求索的路上留下空白

在天空拥有一席之地
带着高原的吉祥飞越崇山峻岭

动物也会进入低谷

天气转暖，野生动物出来活动

面对栖息地的破坏和猎杀

动物也会进入低谷

一只金雕将巢

筑在峭壁的凹陷处躲避毒箭

猛虎选择白天潜伏休息

在黄昏觅食

棕熊蛰伏于洞中，扛过最冷的冬

斑头雁低空盘旋，高声鸣叫

飞到湖中心的湖心岛

牧民多杰将鸟的庇护所建在三江源腹地

夜幕降临，小藏狐从低矮的石崖

探出头

轻蔑地凝视着猎人的背影

动物们时而奔跑，时而低头觅食

万水千山在他们身上留下深深的印记

一朵雪莲顺着光

日月星辰交替
一颗星照进了岩石缝隙里

万山茫茫，一朵雪莲顺着光
在岩石中呼唤

雪莲发达的根系，粉碎岩石
留下裂纹
带着某种奥秘，开始向着无限旷远生长

全身白色绒毛成了留在人世间的线索
不再追问时间给予河流的意义
而是专注构建自我

运走荒凉

低矮的云彩
扮成羊群横卧在共和县夏拉草原上
时不时与笨重的牦牛捉迷藏

山上零散堆放祭天的羊头骨
正如孤独者的秘密
翻过山坡，扯下一片云彩
挂在低矮的杏树上
或许只有它有足够的耐心
守护这片净土

干枯的山，迎接来往的大卡车
红色的大卡车，穿越枯山
运来水源，运走荒凉

飞雪中回望阿尼玛卿山

沿着阿尼玛卿山向上
雪一层比一层厚
升腾到云端

一只藏羚羊，在飞雪中回望
阿尼玛卿山
远看白雪覆盖褐色的山
神秘而朦胧

沿着雪山，一群藏羚羊
从白天跑到黑夜
以脚步丈量雪山的高度
跑出了生命的高度

生命的镜子

鄂陵湖在西，扎陵湖在东
探访者寻找三江源也是在寻找精神家园

形如贝壳的扎陵湖
形如宝葫芦的鄂陵湖
藏起落日的金黄

在阳光的照射下
湖水的颜色不断变换
梦幻般的色彩，交织在一起

骏马嘶鸣，赛马会后
考察队与牧民在星空下的营地
跳起热巴舞
围成圈，一圈一圈在篝火中
舞出高原人的细腻

黑夜反对虚无的辞藻
他们俯身围着篝火，谈论天气与收成
在火焰中祷告

面庞留下岁月的痕迹

无论是幸福还是苦难

生命的镜子记录所做的每一件事

产仔的藏羚羊

雪山脚下，卓乃湖腾出一片清净
给产仔的藏羚羊

往返千里，藏羚羊内含奔腾的血脉
在产仔之旅中
寻找改变生命状态的道路

卓乃湖的波涛微澜
掉队的小藏羚羊，错把巡山队员
当成了母亲

生命繁衍的迹象
是自然留下的神秘的诗篇

被书写的雪豹

从不同角度探秘
雪山不再是看到的唯一意象

被书写的雪豹
带着草木的智慧，藏在岩石后
佯装睡觉，睡成一块巨石
试着去掌握命运

探秘者行走的区域有限
山水自有暗语
不需要华丽的诗章
视野之外的美，需要借助其他媒介

云朵翻滚，漫游的人
边走边唱对三江源进行注解

从声响中解读过去

被忽略的动物
从一座山岭越过另一座山岭
聚集于此

影子在潜行，互相叫唤
敲击岩石，渴望从声响中解读过去

漫步于帐篷外
在夜色苍茫中仰头
与飞鸟寒暄
得到自然的启示

然后，顺着风去看飘动的经幡
符合审美的东西往往需要眺望
时近时远，或许在远方

体内有一片原野
空旷而荒凉
需要收集这被浪费的美

太阳会变老吗？

6 岁的索南才旦靠在
科考队摄影家老刘的肩上问

三江源的太阳会变老吗？
如果老了，会不会诞生新的太阳？

老刘擦了擦相机说
太阳系的中心天体有太多传奇

你摸摸发烫的小草
这日渐升高的温度
让我们不得不关注到太阳的核心

安静的太阳和活动的太阳
或许自有清晰的边界
高原的一草一木、一山一石
应该成为被保护的对象

青藏高原群山起伏
希望你能像雪豹一样成长

寻找太阳的方向

在经纬之间诠释新的生存空间

辑三　高原守望者

守护净土的先行者

风吹乱了鹰的羽毛

却吹不乱杰桑·索南达杰

保护藏羚羊的决心

他出生于可可西里腹地

成为故土的守护神

守护濒临灭绝的藏羚羊

面对猎杀，没有一只藏羚羊

选择低头，而是拼命奔跑

它们相信在守护神杰桑·索南达杰的庇护下

能寻找到生命拐点

面对盗采、盗猎，他选择挺拔站立

在无人之境

成为野生动物保护第一人

并在足迹中给出了自己的答案

无数探寻者在热泪与柔情中怀念

40 岁的他在太阳湖遭受的迫害

他在生命最后一刻的勇敢

被无数人所记住

他成为可可西里行走的丰碑

捡拾垃圾的牧民

逐水草而居的高原牧人
在游牧中将捡拾草原垃圾
作为生活的一部分

他们是治多草原上的鹰
守护家园，守护生态
清理游人留下的啤酒瓶、塑料袋……
也在清理自己的精神世界

他们的身影分散在广袤的草原
他们对三江源没有祈求
眼里只有高耸的山峦和清澈的流水

塑不完的故乡情

冰川纵横，江河奔腾
华夏大地上的神话与山水相融

陈新元循着山水
让泥土装满阳光　塑造出日月和祥云
塑造三江源的宽度和厚度

他四处奔波，寻找素材
在高原上构建艺术空间
在明暗相间的光影中
塑出果洛汉子、背水姑娘
甚至塑出王洛宾的遗憾

塑不完的故乡情，根植于血脉
他以赤子之心塑出高原人的朴实与智慧

彼此的独白

在曲麻莱的夜色中
仰望纯净的星空
一群星照耀着另一群星

彼此的独白，交织在光线中
顺着光线抵达过去

星星的轨迹，述说苍生的故事
没有语言的独白，并不苍白
无声更是一种力量

眼神交汇，我们成为彼此
遥望的一颗星
纯净辽阔的苍穹不近不远
伴随左右

每个人都有各自的星辰
漆黑无法向前时
要勇敢打开星辰的光芒

生命的阻力

逃命的百头白唇鹿
疾驰在半山腰，蹄声震耳
瞳孔中满是生存的欲望

它们身上携带着雄壮与俊美
这些自然赋予的属性在脚下的河流中
无形中成为流动艺术
生态摄影家随机按下快门

探险家与白唇鹿隔岸相望
心里却装着阿尼玛卿雪山
他相信山下有河
山上有神
在积雪上也能走出一条路

生命的阻力，在他们脚下
早已变成成功的助力

站在山坡顶端
你我不过是田间的一株草
但不妨碍梦长成大树的形状

幸福的影子

昂旺才仁从小与鹤为邻
长大后成了生态管护员
在隆宝湿地他是生活的知足者

做山川自然的使者
他动用全部的智慧，保护源头之水

知足者的面孔，留有幸福的影子
这种幸福可以传递

随着黑颈鹤、斑头雁、赤麻鸭飞往各地
甚至唤醒无数迷茫的人

高原风雪在他身上留下了印记
望着峡谷内奔涌的澜沧江水
他毫不犹豫献出自己的赤诚与洒脱

色彩碎成了千万种

高原山水性格鲜明
大自然的警告，藏在千万种声音里

画家将大自然的高级配色和构图
挪到一张白纸上
以眼中的色彩，勾勒出黄昏的柔美

雪地耀眼，在风力的作用下
色彩碎成了千万种

渐渐下沉的力
本身也是一种解脱

眉宇不会说谎

分别前想仔细辨认是否深爱过
透过镜片，你的眼神忧郁
盛满沉默的沙丘

爱无须测量，每默念一次你的名字
爱就会深一度
迷人的话语，往往难以
走进一个人的灵魂深处

而此时昂拉千户庄园大片的金黄
让心沉静，静到想走进彼此的灵魂
将痛苦沉入云雾
无边的沉静，让心胸阔然

我相信你的眼波、眉宇不会说谎
不会将过去的深情定义为偶然事件

隐秘的距离

一对母女，在黄河源区流云中
唱起古老的歌谣

解读扎陵湖的湛蓝
猜想贝壳状的湖泊形成的过程

在这诞生无数奇迹的地方
隐秘的距离，成了神秘的形式

周围山岭的倒影
如张大千的水墨画，气象隐于动静

乌云翻滚，古今之美瞬间汇聚在一起
也成为心头迷人的符号

诗人的召唤

暮色朦胧，与藏羚羊同行
高原的气候是一本难读的书

在无边的旷野听从了诗人的召唤
诗风自然狂野起来

一前一后行走
无法倾吐被荒芜的山峦
阻挡的爱意

在脚印中，瞥见爱人的内心
发现早已没有自己的踪迹

他的名字成了心头悬着的无形之物
留在了往事中
关于爱的深浅，无须再去争辩

青海湖沙岛

每一条沙丘离不开风的冲击
万物流转，时间和空间早已预留答案

五年后又到了青海湖沙岛
暮色里的彩幡，包裹着似月牙的湖泊

沙岛被高原黄沙包围
正如我自己被生活包围

人行的迹象如翻滚的云
故地重游，我需要以黄沙为纸
用一首诗带着曾经的自己逃离

野牦牛背着一个故事走出来

格萨尔王和珠姆的爱情
从治多的一座山流传到另一座山
这是藏文化原生态的流动

这里民俗传说浩如烟海
野牦牛穿过遗址中的断壁
身上悄无声息背着一个故事走出来

风物遗存中的传说源于生活
以原始的力量，挖掘出自然隐匿的过往

每一处水源拥有自己的身份

在治多万里长江第一县
一匹马不会迷失方向

牧民每迁徙一次
搭完帐篷后就开始系挂经幡
祈求神灵的福佑

长江福泽的峡谷
让每一处水源拥有自己的身份

俊美的牧羊少年，逐水草而迁徙
争做冰川守卫者
讲述水神给予人世间的福佑

长大后，他明白浪花能翻滚成
爱情的形状
却无法呈现出相爱的状态

生命留下的隐秘标志

峰岭纵横
通天河波涛震天
一浪砸向一浪

古往今来涉水而过的人
不知是否想好退路

在人海隐没
在自己的生活中闪亮
遭遇困境时不要惧怕

总会找到生命留下的隐秘标志
有意或无意
都是命中的安排

人们习惯不断用诸多史前文化
证明过去的充实与美好

危险的信号

盘旋的话语，如同绕远路
可可西里的绝壁考验探秘者的勇气

高山与深谷并存
雨雪与冰雹成为危险的信号
一心到神山上采集灵草的卓玛明白

不是所有的叶子都会金黄
想哭的时候
一定会想办法让眼泪流出来
无论是为谁而哭

无论叶子长在树的哪个部位
只要绚烂，总会被挖掘
每片叶子都有发声的权利

斜躺在黄昏中

在冬格措纳湖徒步
无形的力从湖面涌向天空
又从天空一角倾斜而下

疯狂的蓝，起伏在湖面
炙热而纯净
一位翻译家斜躺在黄昏中
大声朗诵俄语诗歌

起伏的词语与湖水的波纹
搅在一起
将平安两字挂在心头
以自然的神力抚慰孤寂的心

牧犬跟随牧民

晨辉中的藏歌响起
高原鸟类发出赞美的鸣叫

牧民骑着马儿去放牧
迎接风雪也迎接艳阳
牧犬紧随其后
记住大地的气息

在这片无人涉足的疆域
天气时而阴沉，时而风雪相加
牧犬休憩在奇花异草中
慵懒而惬意

在这片净土之上
黄昏的色泽，照耀在牧犬身上
它在神秘的语言中
学会以大自然的声音驯服野兽
连野狼也不敢越近一步

与牧羊人观云听涛

随季节转场的牧民们
给探险者敬献哈达

他们顺势在澜沧江两岸
与牧羊人观云听涛

朝霞映照在冰面上
散落动物的毛发和骨头

是大地所隐瞒的伤痛
被三江源收藏，留在了冰面
相信他们的足下诞生过奇迹

在树枝上留下讯息

仰面躺在扎曲河畔
在浓云迷雾间，思考生态的意义

冬天树皮满是皱纹
沉睡的动物也会在树枝上留下讯息
面对自然，难以提出准确的理论

凝望、沉思，青藏高原峡谷间
这股神秘的力量

让裸露的岩石，变成了广袤的沃土
万物都融合在自然中

抓住自己的名字

在隆宝镇措美村求学的孩子们
习惯了快步向前，翻山越岭
躲避黄沙与干旱

他们坚信埋头向前，每走一步
离光芒越近

黑夜临近
他们紧紧抓住自己的名字
向张望他们的星星挥手

雪峰环绕，心底的声音
指挥着脚
走向该去的地方

读书声高过了海拔

澜沧江源头
也有嘹亮的读书声
读书声高过了 4680 米的海拔

求知的双眼
在昂闹村小学少年的脸上

也将几代牧民走出去的信念
镶嵌在瞳孔中

学生们翻过几座大山
跨越冰川到达寄宿小学

他们相信群峰的尽头不止有月亮
渴望的事物，皆会在五指间裂开花

内心的赤诚也会
在梦中记下遥远的理想

过去的状态

邦吉梅朵和才仁昂布在草原上骑马
一前一后，风追不上他们的影子

他们在说笑间已和解
转眼一想，过去的爱恨
与此刻有何相干

爱过、恨过，只能代表
过去状态的一种
没必要让痛持续
持续影响所热爱的事物

自由就是沿着自己的轨迹运行
分行语言流动的速度
比血液还要快
这是激情也是生命的状态

桑巴的父亲

三江源屹立在青海之南
桑巴的父亲站在昂赛雪山之上
遥望大西北
他种植过百花的清香
香气飘在星云里
他也时常用香气
安抚荒芜的内心
父爱不会散落在时间的尽头
将永远被铭记
在升起的篝火中
看到了散落的笔记
写给父亲的诗是那样闪亮
字迹都在发光

琢磨风中的晚霞

囊谦康巴妇女弯腰打水
彩色的头饰映在河流中
老蜜蜡、绿松石、老珊瑚、天珠像
一朵朵盛开的花
有着浓郁的藏地风情

情郎的话就像风车
一圈接着一圈，不知所终
最后吐出的两个字
被黄河边的风刮走了

琢磨一个人的心
如同琢磨风中的晚霞

磁　场

翻越拉脊山垭口
中国最大的"拉则"建筑群就在眼前
沿着藏式建筑的多元化布局
寻找藏文化的脉络

顺着建筑群往前走
一个院落内，牧羊老妇边剪羊毛
边喃喃自语
要守护好自己的磁场
磁场是一面镜子，能照出世间百态

磁场不合，没必要去纠结
修磁场也是在修心
修一颗抵达明天的心
不要只在梦里活得像自己

在情感的流动中

昂赛大峡谷的上方空气中
飘浮着水雾
朦胧中生命开始悄悄绚烂

所有的流动，被大地珍藏
谱写生命的壮阔
间接也被赋予了价值
也正是因为价值，情感才更珍贵

无法被解读的眼神
早已深入内心
错与对相伴而行
情感中的所有对，不一定
能缔造完美的婚姻

在情感的流动中
生命的能量也在无声转化
有些过往无须用对错来衡量
没必要在往事中寻找相爱的痕迹

互相造就

三江源以超凡的想象力
丈量天地，丈量万物
让空间与时间在大地的诗篇中融合

智者的冒险在波涛中散发光芒
诗人根据岩羊群的踪迹
探寻雪豹
而它们神秘的模样难以被相机捕捉

在高原万物以生长的姿态
向天空靠拢，聚集阳光

蛰伏的内心告诉自己
世间不可万事皆满足

在大地与苍穹之间
人要学会与环境互相造就

话语间彼此角逐

同行的朋友刚从玉树巴塘机场
走出来，便互相追逐，奔跑
以此来验证高原的海拔

一到夜晚，聚在牧民的帐篷里
将所有的琐碎的见闻
堆积在一起
一件事比一件事有趣
摞在一起，成了饭桌上的欢乐

你来我往，话语间彼此角逐
牧民也敞开心扉加入其中
他们不想隐藏
黑夜与白昼之间的艰辛
顺着彼此的叹息望向天空

理解生活，不再将梦托付给影子
也不再留恋往事

直面当下，将雄心放在流星
划过的草原夜色中

可可西里的王者

凛冽的北风，吹过野牦牛
它们发出高昂的叫声
一声压过一声
钻进背部的绒毛

它们是可可西里的王者
撑起整个冬的明媚
稀薄的空气，紧缩在喉咙
起伏的呼吸让夜漫长而寂寥

科考队员稀疏的头发
折射出工作的状态
沉重的疲惫将头发一根根拽下
发丝落到雪上，听不到响声

山神创造英雄
科考队员迎接虚妄也迎接清晨
在荒山之间
无人知晓前路是否崎岖
危机时他们隐藏了恐惧
用血液和骨骼搭建起一条路

在高原看一场世界杯

二十多年来，第一次陪一群小学生
看一场世界杯

在海拔 4000 米以上的高原
心跳连在一场球赛中
激情、呐喊、哭泣，所有的不确定
在陌生的熟悉感中夺眶而出
温暖而短暂

生命迸发的力量，璀璨、动人
所有动感带来的美是生命最原始的美
也是永久的美

正如神山间回荡的英雄格萨尔
赛马称王的故事
或许生命的弧线，越曲折越绚丽

大山深处的孩子们看完球赛
掰着指头也数不尽梦想
于是，开始寻找最亮的流星雨许愿

情　绪

旧纸张掺杂了曾经生活的气味
捉摸不透的事物具有魔力
总是让人着迷

深夜情绪如树枝般
延伸到白天无法触及的地方
延伸到思绪深处
不断发酵

相爱的人在深夜燃烧
抱紧彼此
温柔的耳语胜过千言万语

此刻澜沧江水变得抽象
今夜康巴汉子是客人，也是归乡人

解读时间之谜

在江源玉树人们沿着文成公主的遗迹
在怀念中施展高原上的技艺
解读时间之谜
磨损日子的棱角
迎接一颗热爱生活的心
回忆的声音常在宁静时喧闹
惊醒梦中的扎西
他历经波折，却沉默如石
锻造出如石般的硬度
像石头一样沉默
一团云带着巨大的力量
推着他成为马背上的硬汉

将孤独的人照亮

通往三江源的路比血管还要多
关键要看哪一条路的风景
离你的心最近

搜集黄河源区水文信息
天气突变，一粒灰尘落到头上
比一座大山的重量还重

探照灯再亮
也无法迅速辨认出彼此的眼神

冬季延长，探索脚步深处
将孤独的人照亮

隐匿的河源

迁徙的队伍登高向北
来到长江源区
与牦牛为伴，拓展生存之路

数年后，一对藏族情侣
翻山越岭寻找源头
隐匿的河源似乎在跟他们捉迷藏
无法预知的未来
或许曾在梦中有过暗示

当卓玛爱一个人的时候
脑海中不免掺杂幻想
将对方幻想成神的模样
幻想未来生活的细节
连他咳嗽的频率也能感知到

为了与扎西尼玛在一起
不停自我雕琢，用时间缝补内心
相信有一天能凿开挡在彼此之间的巨石

殊不知，在生命的圆圈中

错误的执念才是巨石

一挡就是十年

停滞的时间，寻找证据

在寻找中，发现终点已不是问题和答案

感觉是风向标

在可可西里感觉是风向标
在陌生的环境中，指出一条路

众所周知，失去与昨天无法挽回
不如放过，放开

让能飞翔的动物尽情飞翔
让能呼吸的生物尽情呼吸

恋人的恋人让我想到昨日温情的场景
而真实早已笼罩在虚假之中
亦真亦假又有何妨

枝头不一定要用鸟的声音来装点
重量不一定用鸟叫声来衡量
树根下早已标明了重量

当荒原不再具象，快乐也将不再形式化
无法干预别人的哀歌
也无法将哀变为乐

不再去追问昨天

抬头望向可可西里
也忘记了自己一无所有
紧致的肌肤隐藏着一个状态
不再去追问昨天

越过山背，地上动物的影子
与天上的云相互追逐
在荒野不再孤独

所有的相遇都有终点
终点的长短是缘分的长短
无数擦肩而过的瞬间
是命运的捉弄
也是情感的牵绊

相爱的痕迹比沟壑还要纵深
你让我如何逃脱？

梦赋予的使命

进入三江源，高原之上梦
频繁而复杂

梦赋予的使命中也潜藏着
寻找源头的钥匙

梦占去一半的睡眠
也带来一半的体验
那些注定无法经历的事
在梦中惊险而难忘

那些注定无法相见的人
到访过我的睡眠
留下过未曾说出口的话
也曾深情嘱咐过我

或许，当各自独处时
幸福感源于在梦中自由穿梭
想留下什么都可以

隆宝滩

罗藏卓玛一家人在隆宝滩
扎起蓝色帐篷，迎接高原最热的日子

弟弟多杰骑着马
以观察的视角穿梭于山水之间
巡视这一块宝地

父亲以谦卑之心祈祷
将颂赞与祝祷
献给青藏高原的生灵草木

罗藏卓玛在捻起经筒的老母亲
微闭的双眼中
静观她头顶夏日一场落雪

夕阳下隆宝滩笼罩在暖色调中
纯洁扑面而来，挡住了舌底的话

把朋友丢在了青藏高原

一生中的机遇，往往在
不经意间

生态摄影师云游四方
出差随身带几位朋友的书
在旅途中阅读

回来时不小心落了一本
正如把朋友丢在了青藏高原
开始深深自责

他多想书中的文字
长成一条大河的形状
顺着三江源流向他身旁

转身，窗子旁的诗稿
被狂风掀起又被大雨淋湿
他默不作声
将心底的祈祷放进水中

修一颗装下自然的心

在囊谦，藏族老妇将不同的情绪
种在菜园
不同的情绪长出不同的蔬菜
色彩对应喜怒哀乐

她说寻找情绪的源头
如同寻找江河的源头
不如将情绪种进土壤中

风霜下，主人要学会将痛苦与哀愁
埋藏。在泥土中挖掘出更多欢乐

她说判断一个人的定力
要看是否能驾驭自己的情绪
学会驾驭情绪，痛苦将不再是痛苦

驾驭自然不如驾驭自己的情绪
修一颗装下自然的心

旷野中的向导

进入昆仑山腹地
一股香气交织在雨水中

牧民们聚在帐篷里高歌
用滚烫的羊肉汤——度过阴雨天

他们住的帐篷有些破旧
雨水渗进黑白相间的布
一滴一滴落在一家人的欢笑声中

青烟缭绕，在狭窄的空间里
他们相互陪伴
从未想着模仿他人的生活

在苍茫的旷野
探秘者用随身携带的碗
接过牧民的酥油茶
在目光中珍藏此刻的美好

陌生的旅途中
越往深处走手机信号越弱

探秘者早已将复杂地理标志印在脑海中

他们下定决心在日落之前
走完最艰难的道路
而不是选择绕道而行
坚定做好自己人生旷野中的向导

驼铃声切开历史一道口

驼铃声切开历史一道口
猎猎西风，吹不倒潜藏生命力的骆驼

数万骆驼，一匹紧跟着一匹
一排排从草原、戈壁、河湖走来
如同探秘者走向三江源

数年后，骆驼与驼工的故事
成为文物资料，被珍藏在陈列馆

不知名的骆驼
从偏僻的大西北发出了声音

沿着声音回望
一代代驼工匍匐在青藏公路线上
与劲风搏斗数十年，见证历史变迁

如今，诗人沿着各种迹象向前
探秘三江源，寻找放在源头的诗

忘记自己比记住更重要

昂旺才仁仰卧在山川原野
记录山水的变化
将野生动物的图谱刻进脑海
他明白有时忘记自己
比记住更重要

他穿梭于荒山
观察鸟类，详细记录数量与种类
相信仁山智水有灵性
便采摘花朵虔诚地供奉上天
做好"中华水塔"守护人

他相信有一天，众多生灵
在视线之外能感受到时间的划痕
映照出生命的底色

凌厉如繁花

雾凇是树甩出一股力
凌厉如繁花，掩盖冬的苍白

或许甩出了体内的柔软
零度以下，树的形状更分明

黄河岸边倒挂在树上的雾凇
包裹着枝干与严寒对抗
顺势解读出树的年龄

开辟出一条小径
指引那些探秘黄河的人
在群峰之巅寻找雾凇之境

纯粹的向往

放牧，祈祷，巡山
一个人独处的方式如此简单

在嘉塘草原，巡护员才培
躺在阳光下
明亮的事物汇聚在身上

他对远方有纯粹的向往
也能与自我和谐相处

接纳过去，尊重每一滴泪
也承受它们的重量

他明白人不能被欲望所捕获
拥抱自我的脆弱

勇敢面对当下，构建一条
通往远方的河流

我从长江的源头赶来

我从长江的源头赶来
翻越雪山，顺着江源文明的印记
抵达汉语诗歌的源头

在冬日的峡江风光中
寻找源头的虔诚，在两岸植被
神秘的寓言中学着辨别鸟类

转身回望，也曾无数次
顺着滚滚的长江穿过山岩、激流
寻找生命饱满的成色

心头的句子，随着波涛起伏
横穿三峡
让我想起屈原、陈子昂、李白在此盘桓的日子

云层中的光芒铺在江面上
古往今来，诗人们看山阅水
把诗写在碧波上

一边遥望星空

一边在波纹中反观自己的影子

试图揭开宇宙之谜

守护星球的根与魂

同住一个星球
看花草树木长出羽毛
在风中傲立赋予自己新的开始

在这个星球上，无数风雨谱写壮丽史诗
星球的密码隐藏在苍茫大地上
留给丈量大地的行者去破译

寂静与神秘，流动在万物的中心
浓缩着生态文明的秘密
做一个寻找源头的人
与青山、河流相依，在生态的缩影中
寻找自己的语言

抬头仰望群星的寂静与浩瀚
祈求安宁与和谐
低头学会以草木的心性生长
在自然中寻找自洽的方式

经过时间的淬炼
我们与雪山大地站在了一起

守护星球的根与魂
让碧波上的帆，载着和平、绿色
博爱、幸福的赠言驶向远方

群山高举云朵，云朵缠绕群山
终其一生，我们都在守护星球
与花草树木，与宇宙星河
守护本身是一种使命

图书在版编目（CIP）数据

三江源记 / 马文秀著. -- 武汉：长江文艺出版社，
2024.6
（第39届青春诗会诗丛）
ISBN 978-7-5702-3463-9

Ⅰ.①三… Ⅱ.①马… Ⅲ.①诗集－中国—当代
Ⅳ.①I227

中国国家版本馆 CIP 数据核字(2024)第 005955 号

三江源记
SANJIANGYUAN JI

———————————————————————————————————————

特约编辑：寇硕恒
责任编辑：王成晨　　　　　　　　　　　责任校对：毛季慧
封面设计：璞　闻　　　　　　　　　　　责任印制：邱　莉　　王光兴

———————————————————————————————————————

出版：长江出版传媒　长江文艺出版社
地址：武汉市雄楚大街 268 号　　　　邮编：430070
发行：长江文艺出版社
http://www.cjlap.com
印刷：湖北恒泰印务有限公司

———————————————————————————————————————

开本：880 毫米×1230 毫米　　　1/32　　　印张：5.5
版次：2024 年 6 月第 1 版　　　　　2024 年 6 月第 1 次印刷
行数：3347 行

———————————————————————————————————————

定价：52.00 元

———————————————————————————————————————